VENTE
MAURICE EMANUEL

MAGNIFIQUES

BIJOUX

COMMISSAIRE-PRISEUR
Me ESCRIBE

EXPERT
M. A. BLOCHE

IMPRIMERIE DE L'ART

CATALOGUE

DES

MAGNIFIQUES BIJOUX

ENRICHIS DE

DIAMANTS, PERLES ET PIERRES DE COULEUR

IMPORTANTE PARURE EN TURQUOISES DE PERSE ET BRILLANTS

DEUX COLLIERS DE JOLIES PERLES

BEAU COLLIER EN BRILLANTS

DIADÈME, PAPILLONS, BRACELETS, PENDENTIFS

BOUCLES D'OREILLES, BAGUES, ÉPINGLES

GARNITURES DE BOUTONS DE CHEMISES, BIJOUX DE FANTAISIE

Appartenant à M. Maurice Emanuel

DONT LA VENTE AURA LIEU

Par suite de cessation de commerce

HOTEL DROUOT, SALLE N° 6

Les Jeudi 27, Vendredi 28 et Samedi 29 Mai 1886

A DEUX HEURES

Me ESCRIBE	**M. A. BLOCHE**
COMMISSAIRE-PRISEUR	EXPERT
6, rue de Hanovre, 6.	23, rue Chauchat, 23.

EXPOSITIONS

PARTICULIÈRE	PUBLIQUE
Le Mardi 25 Mai 1886	*Le Mercredi 26 Mai 1886*

DE 1 HEURE A 5 HEURES

CONDITIONS DE LA VENTE

La vente sera faite au comptant.

Les adjudicataires payeront *cinq pour cent* en sus des enchères.

L'exposition mettant le public à même de se rendre compte de l'état des objets, il ne sera admis aucune réclamation une fois l'adjudication prononcée.

Paris. Imp. de l'Art, E. Ménard et J. Augry, 41, rue de la Victoire.

DÉSIGNATION DES OBJETS

PERLES

1 — Beau collier d'un rang, composé de cinquante-trois perles, avec fermoir formé d'une perle entourée de dix brillants.

Poids des perles, 490 grains.

2 — Joli collier d'un rang, composé de soixante-cinq perles, avec fermoir enrichi d'une perle entourée de dix brillants.

Poids des perles, 330 grains 1/2.

3 — Très belle parure en perles et brillants, composée de :

Un bracelet enrichi au centre de sept jolies

perles et de vingt-six brillants ; le corps en chutes offre une suite d'arabesques entre deux rangs de brillants ;

Une broche-pendentif offrant au centre un gros brillant, monté à griffes entre deux perles et entouré de deux rangs de brillants ; se détachant au milieu d'ornements en brillants et enrichi de sept perles dont cinq montées en pampilles ; la bélière forme ornement en brillants et rose ;

Une paire de boucles d'oreilles, composées au centre chacune d'une jolie perle entourée de neuf brillants ;

Une bague ornée au centre d'une belle perle entourée de dix brillants et enrichie de chaque côté d'un petit brillant.

4 — Joli bracelet composé de dix-huit perles de fantaisie et de vingt brillants.

5 — Joli bracelet composé d'un rang de quinze perles de fantaisie entre deux rangs de quarante-huit brillants.

6 — Demi-parure. Bague et boucles d'oreilles, composées de très jolies perles blanches entourées de brillants.

7 — Broche forme fer à cheval, composée d'un rang de brillants entre deux rangs de perles blanches, entrecoupées de chatons de brillants.

8 — Broche forme fer à cheval, composée d'un rang de brillants entre deux rangs de perles grises, entrecoupées de chatons en brillants.

9 — Très beau bijou-pendentif formant broche, composé d'une très jolie perle rose avec double entourage en brillants, suspendu à un nœud de ruban tout en brillants et orné d'une grosse perle rose forme poire, montée dans un cartouche tout en roses.

Poids de la perle ovale : 31 grains ; perle-poire : 42 grains.

10 — Paire de très jolies boucles d'oreilles formées d'une grosse perle rose forme poire et d'une grosse perle blanche de forme poire, suspendues à un brillant monté à griffes et montées sous des cartouches, enrichies de cinq brillants chaque.

Poids, perle rose : 63 grains 1/2 ; perle blanche : 54 grains.

11 — Très belle parure en perles et brillants, composée de :

Un bracelet enrichi de cinq perles et de vingt-deux brillants ;

Une paire de pendants d'oreilles, formés de

perles forme poires, suspendues à un brillant solitaire et montées sous un cartouche en roses, surmonté d'un brillant ;

Une bague avec perle au centre, entourée de dix brillants et enrichie de chaque côté d'un brillant.

12 — Bouton solitaire de chemise, formé d'une jolie perle blanche, entourée de douze brillants. Se dévisse pour être monté en épingle de cravate.

13 — Très jolie garniture composée de deux boutons de manchettes doubles forme trèfle, enrichis chacun de trois perles blanche, rose et noire, entourées de brillants, d'un bouton de col et trois boutons de chemise forme trèfle en perles blanche, rose et noire.

14 — Broche forme fer à cheval, tout en perles de fantaisie et brillants.

15 — Chaîne dite américaine, en or poli, enrichie de quatre perles blanches.

16 — Trois jolis boutons de chemise, composés de perles blanche, rose et noire, entourées de brillants.

17 — Médaillon en or mat, enrichi d'une fleur composée de trois perles blanches, avec feuillage en roses.

18 — Chaîne dite américaine, en or poli, enrichie de quatre perles blanches.

19 — Médaillon-pendentif pour portrait, tout en brillants, roses et perles.

20 — Petite broche, forme branche de fleurs et de feuillage, composée de trois perles et de roses.

21 — Petite broche forme mouche, dont le corps est formé d'une perle et la tête d'un rubis cabochon et d'un brillant.

22 — Broche forme trophée, représentant un poisson, un trident et une faux, tout en brillants, le corps en perle, et l'œil formé d'un œil-de-chat.

23 — Bracelet en or mat, avec applique à tête de chien, gravé sous cristal, entouré de perles et enrichi de chaque côté d'une chute de perles.

24 — Broche-pendentif à tête de chien, gravé sous cristal, entouré de perles avec bélière en perles.

25 — Paire de boutons de manchettes, à tête de chien, gravé sous cristal, entouré de perles.

26 — Trois boutons de chemise, formés de trois perles de fantaisie.

27 — Trois boutons de chemise, composés d'une perle blanche, une perle rose et une perle brune.

28 — Petite broche forme branche de chêne avec glands, formés de perles blanches et feuillage tout en roses.

29 — Paire de boutons de manchettes doubles, composés de quatre perles de fantaisie, montées en or.

30 — Bouton solitaire de chemise, formé d'une perle de fantaisie, montée en or.

31 — Bouton solitaire de chemise, forme trèfle, composé d'une perle blanche, d'une perle rose et d'une perle noire.

32 — Broche-barrette avec trèfle au centre, composé de trois perles blanche, rose et grise, et enrichie aux extrémités d'une petite perle.

33 — Broche-barrette, même modèle.

34 — Trois boutons de chemise en perles blanche, rose et grise.

35 — Trois boutons de chemise en perles blanche, rose et grise.

36 — Jolie bague composée d'une jolie perle blanche et d'une jolie perle brune, avec quatre brillants.

37 — Jolie bague forme trèfle, composée de trois perles blanche, rose et brune, avec corps enrichi de dix brillants.

38 — Jolie bague composée de cinq perles blanches entre deux rangs de brillants.

39 — Bague enrichie de dix perles blanches et noires entre trois rangs de roses.

40 — Bague composée d'une perle blanche et d'une perle de fantaisie, avec six brillants.

41 — Trois boutons de chemise en perles blanche, rose et grise.

42 — Broche forme feuillage, en or mat, enrichie d'une perle blanche et d'une petite perle noire.

43 — Broche forme poignard, enrichie de perles et de rubis.

44 — Belle bague formée d'une perle rose, entourée de dix brillants et enrichie d'un petit brillant de chaque côté.

45 — Bague trois corps, composée de trois perles de fantaisie, de deux brillants et de roses.

46 — Épingle formée d'une très jolie perle rose, montée sur calotte en roses.

Poids de la perle : 60 grains.

47 — Épingle forme trèfle, composée de deux perles et d'un corail avec brillant brun et petit brillant blanc.

48 — Épingle formée d'une perle blanche, monture en roses.

49 — Épingle forme mouche en perles et roses.

50 — Épingle forme fer à cheval, composée de cinq perles et quatre brillants.

51 — Sept épingles montées chacune d'une perle. (Sera divisé.)

52 — Huit épingles montées chacune d'une perle rose. (Sera divisé.)

53 — Épingle trèfle formée de trois perles et deux roses.

54 — Épingle trèfle composée de trois perles blanche, grise et rose.

55 — Épingle perle avec brillant pendant en pampille.

56 — Épingle, brillant brun avec perle poire, montée en pendeloque.

57 — Épingle forme fruit avec insecte en perles et brillants.

58 — Épingle forme ancre, enrichie d'une perle blanche.

59 — Douze épingles en or, représentant des sujets de fantaisie, formées de perles baroques, dont quelques-unes enrichies de roses et de rubis. (Sera divisé.)

TURQUOISES

60 — Magnifique parure en turquoises de Perse et beaux brillants, composée d'un bracelet, d'une grande broche formant pendentif et d'une paire de pendants d'oreilles.

Le bracelet est enrichi au centre d'une grande turquoise ovale de Perse, entourée de dix-huit gros brillants et le corps est orné de six brillants. (La plaque centrale se détache et peut servir de broche ; elle a son armature.)

La broche-pendentif offre au centre une turquoise de Perse, d'une grandeur exceptionnelle, elle est entourée de vingt-quatre gros brillants et surmontée d'un nœud de ruban de style Louis XVI, tout pavé d'un double rang de brillants se terminant en chutes de feuillages.

Les pendants d'oreilles sont formés chacun d'une très grande turquoise de Perse, suspendue à un joli brillant solitaire monté en griffes.

61 — Belle broche composée d'une très grande turquoise ovale de Perse, entourée de trente-deux brillants et ornée aux extrémités de deux rosaces composées de quatorze brillants.

62 — Belle parure en turquoises et brillants composée de :

Un bracelet représentant deux trèfles enlacés formés de six turquoises avec tiges pavées de brillants ;

Une broche-barrette formée de deux trèfles, dont les branches en brillants se rejoignent au centre ;

Une bague trois corps, enrichie d'un gros brillant et de deux turquoises, chacune de ces pierres montées à griffes entre deux petits brillants.

63 — Demi-parure en turquoises et brillants composée de :

Une broche-barrette et une paire de boucles d'oreilles, modèle à entourages.

BRILLANTS

64 — Très beau collier composé de vingt rosaces tout en beaux brillants formés d'une pierre centrale et d'un double entourage; les rosaces sont ralliées entre elles par un chaton en brillants.

65 — Très beau diadème composé de cinq grands brillants anciens forme pendeloques, entrecoupés d'ornements et de rinceaux élégants tout en brillants et roses.

66 — Paire de grandes et belles boucles d'oreilles forme rosaces, composées au centre d'un gros brillant avec double entourage en brillants.

67 — Grande et belle bague marquise tout en brillants.

68 — Jolie bague composée de cinq brillants avec sertissures en roses.

69 — Bague marquise tout en brillants.

70 — Bague composée de cinq brillants avec sertissures en roses.

71 — Bague marquise tout en brillants.

72 — Bague composée de dix brillants blancs et de fantaisie.

73 — Bague composée de trois brillants avec sertissures en roses.

74 — Bague en or mat, enrichie de trois brillants de fantaisie.

75 — Jolie bague composée d'un joli brillant brun entre deux brillants blancs avec sertissures en roses.

76 — Grande et belle bague marquise tout en brillants.

77 — Épingle trèfle en brillants blancs et de fantaisie.

78 — Épingle forme tête d'animal, avec brillant en pampille.

PIERRES DE COULEUR

79 — Magnifique papillon formant broche, ornement de coiffure ou de corsage composé de rubis et de saphirs de fantaisie avec grosse perle blanche forme poire et montés sur des ailes tout en brillants.

80 — Très belle abeille en brillants et roses, enrichie de saphirs, d'œils-de-chat et de beaux saphirs cabochons.

81 — Jolie broche forme fer à cheval, composée de dix-sept saphirs et de trente-quatre brillants avec sertissures enrichies de roses.

82 — Bracelet chaine gourmette en or mat, enrichi d'un beau trèfle composé de trois saphirs étoilés entourés de brillants. (Le trèfle forme broche au besoin et a son armature.)

83 — Bracelet en or mat, enrichi d'un grand saphir rouge, deux saphirs verts et quatre brillants blancs.

84 — Broche forme mandoline en brillants, saphirs, rubis et perle avec feston de rubans.

85 — Bague composée d'un rubis entouré de huit brillants.

86 — Paire de boucles d'oreilles, composées d'un rubis entouré de huit brillants.

87 — Bracelet en or repercé, enrichi d'une applique forme trèfle, composé de trois saphirs entourés de brillants.

88 — Jolie bague composée de trois œils-de-chat de l'Inde et de deux brillants avec sertissures en roses.

89 — Paire de boucles d'oreilles forme trèfle, composées chacune de trois œils-de-chat de l'Inde et entourées de brillants.

90 — Broche forme croissant, composée de saphirs cabochons et de brillants.

91 — Paire de boucles d'oreilles, composées chacune d'un beau saphir de Ceylan entouré de douze brillants.

92 — Très jolie garniture, composée de deux boutons de manchettes doubles, un bouton de col et trois boutons de chemise formés de saphirs cabochons entourés de brillants.

93 — Paire de boucles d'oreilles forme trèfle, composées de saphirs de fantaisie et de brillants.

94 — Broche ovale, composée d'une améthyste entourée de deux rangs de brillants.

95 — Broche-barrette offrant au centre un grand saphir jaune entouré de douze brillants, et aux extrémités de chaque côté deux brillants et un saphir rouge.

96 — Broche-barrette formée de trois chatons, composés d'œils-de-chat de l'Inde entourés de brillants avec entre-deux en brillants.

97 — Trois boutons de chemise, composés chacun d'un œil-de-chat de l'Inde et de quatre brillants montés en chatons.

98 — Jolie broche-barrette, composée au centre d'un gros saphir étoilé entouré de douze brillants blancs et de fantaisie, et aux extrémités de deux saphirs étoilés moins grands et de deux brillants.

99 — Trois boutons de chemise formés d'un saphir et de deux brillants de fantaisie.

100 — Paire de boucles d'oreilles, composées chacune d'un saphir bleu et d'un saphir rouge entourés de brillants.

101 — Garniture en or martelé, enrichie d'émeraude, de rubis, de brillants et de saphirs de fantaisie, composée de deux boutons de manchettes doubles, un bouton de col et trois boutons de chemise.

102 — Broche, forme libellule, en brillants, roses et rubis.

103 — Paire de grandes boucles d'oreilles, composées de grands œils-de-chat de Hongrie entourés de brillants.

104 — Broche composée d'un grand œil-de-chat de Hongrie entouré de brillants.

105 — Pendentif et paire de boucles d'oreilles, modèle à rosaces, composés d'œils-de-chat de Hongrie et de brillants.

106 — Pendentif composé au centre d'un œil-de-chat de Hongrie entouré de seize brillants, puis de dix autres œils-de-chat formant fleurs, dont les pétales sont enrichis de trente brillants. Bélière dans le même goût.

107 — Grosse bague jonc en or poli, composée d'un beau brillant blanc, un rubis et un saphir.

108 — Bague jonc en or mat, enrichie d'un brillant, un rubis et un saphir.

109 — Bague composée d'un beau saphir vert entouré de brillants.

110 — Bague œil-de-chat de l'Inde entouré de dix brillants.

111 — Bague rubis entourée de dix brillants.

112 — Bague composée de trois brillants et de quatre coraux rose pâle.

113 — Jolie bague composée de deux rangs de brillants : saphir étoilé, saphir cabochon et œil-de-chat de l'Inde.

114 — Bague composée de cinq saphirs avec sertissures en roses.

115 — Bague jonc en or mat, enrichie d'un rubis et de deux brillants.

116 — Bague saphir entouré de douze brillants.

117 — Bague marquise avec rubis cabochon au centre et brillants entourés de roses.

118 — Bague composée d'un saphir bleu et d'un saphir de fantaisie, avec corps orné de huit brillants.

119 — Bague composée de trois œils-de-chat de l'Inde et de deux brillants.

120 — Bague composée d'un bel œil-de-chat de l'Inde et de deux jolis brillants.

121 — Bague turquoise entourée de douze brillants.

122 — Bague jonc composée de trois brillants et de deux rubis.

123 — Bague enrichie d'un saphir long, d'un brillant pendeloque et de roses.

124 — Bague composée de trois œils-de-chat de l'Inde et quatre brillants.

125 — Bague composée d'une turquoise et de deux perles avec dix petits brillants.

126 — Bague jonc en or mat, enrichie de deux brillants et trois rubis.

127 — Bague enrichie de trois saphirs, quatre brillants, huit roses.

128 — Bague ornée d'un œil-de-chat de l'Inde et de six brillants.

129 — Épingle forme mouche, en perle, saphir et roses.

130 — Épingle formée d'un joli saphir entouré de quatorze brillants. Se dévisse pour former bouton de chemise.

131 — Épingle formée d'un œil-de-chat de l'Inde entouré de brillants. Se dévisse pour former bouton de chemise.

132 — Épingle saphir cabochon entouré de quinze brillants. Se dévisse pour former bouton de chemise.

133 — Épingle saphir entouré de brillants. Se dévisse pour former bouton de chemise.

134 — Épingle fer à cheval en or mat, enrichie d'un rubis, deux brillants et deux jolies émeraudes.

135 — Épingle forme mouche, en saphir, perle, rubis et roses.

136 — Épingle formée d'un saphir jaune entouré de brillants.

137 — Épingle trèfle, composée de deux saphirs, un rubis et deux brillants.

138 — Épingle trèfle, composée d'un saphir, un rubis et trois brillants.

139 — Épingle saphir cabochon entouré de roses.

140 — Épingle trèfle en rubis, saphir et brillant.

141 — Épingle trèfle en saphir, brillant et corail.

142 — Épingle corail entouré de roses.

143 — Deux épingles à têtes d'animaux gravés sous cristal, montures en or mat. (Sera divisé.)

144 — Épingle scène de sport gravée sous cristal, monture en or.

145 — Six épingles de fantaisie, sujets de sport.

146 — Bijoux divers de fantaisie. (Sera divisé.)

www.ingramcontent.com/pod-product-compliance
Ingram Content Group UK Ltd.
Pitfield, Milton Keynes, MK11 3LW, UK
UKHW021040260726
13994UKWH00005B/2279

9 782329 352343